Redemoinho

Paulo Rodrigues

Redemoinho

COSACNAIFY

Para os amigos Carlos Palu, Manoel N. Pelizzari,
Paulo Roberto L. Cunha e Pio Muniz Falcão,
que ouviram com paciência as minhas histórias.

Para Flávia, minha sobrinha-filha.

Catedral

Sem pressa, Zé Luiz andava em minha direção e eu ia recuando. Era uma cena patética aquele caminhar em círculos, um de frente e o outro de costas, olhos nos olhos. A ação se dava em torno de uma velha mesa ovalada que ocupava grande parte do meu quarto. Zé Luiz tinha os olhos grudados nos meus, e eu, embora reconhecendo a culpa, sustentava o olhar dele. Mas uma luz inesperada rompeu o escuro do meu cérebro e me fez enxergar o absurdo da situação em que estávamos metidos. Corríamos um risco estúpido de girar eternamente naquele ingênuo carrossel. Foi quando resolvi parar. Descansei um braço sobre o encosto de uma cadeira e o outro deixei pender junto ao corpo. Essa atitude de aparente indiferença disfarçava o medo que eu sentia. Mesmo assim, não pude me furtar de refletir sobre os meus erros: "Zé Luiz está com a razão e não pode recuar. Quanto a mim, de qualquer modo vou perder a razão da existência; então, de que vale dificultar-lhe as ações? Sua situação é muito mais desgraçada que a minha...". Vendo como Zé Luiz respirava fundo, ponderei com grande amargura: "Eu nada sentirei depois do fato consumado, mas ele, coitado, carregará uma alma consumida, pois nunca se livrará da lembrança desse único ato de violência".

Esperei que ele puxasse uma arma qualquer e acabasse de vez com aquela agonia. Mas o que se deu foi o inesperado: Zé Luiz também parou; quer dizer, não somente parou como enfiou-se dentro de si mesmo. Fitou-me ainda por um instante, depois deixou-se cair sobre outra cadeira do lado oposto da mesa. Ninguém conhecia melhor do que eu sua imensa capacidade de introspecção, mas como prever uma reação daquelas? Embora confuso, aproveitei o momento para imitar-lhe o gesto e me sentar. Por que Zé Luiz não se valia da chance que eu dava? Depois de ter-me visto quase como um filho durante todo esse tempo, seria extremamente doloroso para ele ter que se haver comigo de forma tão brutal. Doía vê-lo nesse estado, por isso senti um irresistível impulso de empurrá-lo a cumprir o seu papel. Mas, e a coragem? O que fiz foi baixar os olhos, depois a cabeça, numa resignação bovina. Talvez tenha sido um jeito inconsciente que procurei para exortá-lo: "Veja! É fácil!". Inconsciente ou não, o fato é que o meu gesto de nada adiantou, pois Zé Luiz se manteve alheio a tudo. Eu poderia até mesmo ter ido embora. E quando me apercebi ele puxava tragadas fundas e quase serenas, como se essa atitude inofensiva pudesse livrá-lo de responsabilidade ante esses graves incidentes. À nossa volta tudo era silêncio, e eu me lembrei de que, tempos atrás, estivéramos sentados nesses mesmos lugares. O silêncio era igual ao de agora, mas a situação e o clima eram bem diferentes. Zé Luiz quebrara esse silêncio: "Pois é... Ainda outro dia tínhamos apenas a menina. Com sua chegada a casa ficou completa. Há quanto tempo você está com a gente, Alfredo?". Naquela época eu ainda não me permitia dispensar o tratamento respeitoso, e quase sussurrava: "Há quase um ano, seu Zé".

Quando saí de minha cidadezinha para dar continuidade aos estudos e vim parar, por força de circunstâncias, aqui na casa deles, foi como se o mundo tivesse vindo abaixo. Detestei a idéia, contudo não tive coragem de afrontar o velho, do contrário teria gritado mil vezes na cara dele que preferia dividir com pessoas da minha idade um humilde quarto de pensão. Entretanto, criança intimidada, como eu poderia sequer pensar em contrariar uma ordem que me fora dada à mesa, à hora da refeição? Não, eu nada podia diante da intolerância do velho, e o máximo de revolta que eu conseguia era deixar escapar, de cabeça baixa, uma lágrima furtiva.

Quantas vezes vi a mãe, munida de sua enorme concha, servir contra a nossa vontade uma segunda porção, sem nunca ouvir o mais tímido "não quero"? Aceitávamos cabisbaixos, e não entendíamos de que forma ela conseguia conciliar esses intrínsecos temperos, amenizando as imposições do velho com olhares repletos de ternura: "Anda, Elvira! Dê-lhes mais uma concha!". Mas seria preciso muito mais do que um distúrbio emocional ou fisiológico para nos tirar dessa rígida postura: o dorso curvo e os olhos grudados no xadrez da toalha. Mesmo os que terminavam, aguardavam silenciosos a permissão para levantar. E ela nunca era direta, vinha sempre embutida na ordem do dia: "Fulano, não esqueça de fazer tal coisa! Sicrano, tá esperando o quê para começar aquilo?". E eu, o caçula, me punha sempre de orelha em pé. Entre ansioso e amedrontado, esperava a hora de partir, quando ele afinal se resolvesse a decretar o fim da minha infância. Eu me sentia aliviado toda vez que o velho, do seu jeito seco, voltava a sentenciar: "Pode ir brincar, Alfredo".

Foi assim, acanhado e de má vontade, que cheguei na casa deles. Monossilábico, me expressava entre pigarros, sentado sempre de mau jeito, nas beiradas das cadeiras. Eles, ao contrário, nunca me trataram com a cerimônia que eu temia. Assim que cheguei, a cabeça embotada por uma névoa densa, a mulher me acariciou os cabelos, dizendo frases provavelmente de boas vindas. Já Zé Luiz, mais comedido e perspicaz, manteve-se à distância, deixando para o tempo a tarefa de me adaptar. Tanto as afabilidades da mulher quanto o distanciamento calculado do marido me encabulavam demais. Para escapar ao embaraço, eu me acercava da menina, uma adolescente desconfiada, de nariz arrogantemente empinado. Mesmo assim, me era mais fácil suportar sua arrogância infantil, e eu ficava horas seguidas a observar suas fantasias. Era uma espécie de jogo que tinha o objetivo de investigar dissimuladamente o que o adversário fazia. Desse modo, fui aos poucos conquistando sua confiança. Creio que Zé Luiz via com bons olhos minha estratégia, e até se comprazia com meus avanços no tabuleiro. Assim é que, com sua tácita cumplicidade, entrei naquele universo desconhecido pelo quarto de brinquedos.

Nem mesmo uma timidez exagerada como a minha podia sobreviver a tanta generosidade, e num instante já era bem melhor do que estar em casa. Acostumado ao ambiente austero de onde vinha, eu me deslumbrava com essa incrível descoberta: uma forma desprendida e franca de viver. E então não podia me furtar às comparações, sobretudo à hora das refeições. O ato de comer naquela casa era um verdadeiro exercício dos sentidos. Glutão, Zé Luiz dava o exemplo, atacando com vontade os pratos fumegantes. A mulher, do outro lado, comprazia-se em vê-lo estalar voluptuosamente a língua. Estimulados por suas brincadeiras, ríamos e comíamos a valer. Mas era preciso um certo espírito para apreciar os requintes daquela mesa, já que eles não se mostravam na superfície. Por trás de toda simplicidade, havia uma força alterando o peso e o valor de cada alimento. Em casa, por exemplo, éramos todos muito secos. Nunca aprenderíamos a nos regalar com o aroma sutil desses temperos.

(Impossível deixar de comparar a rusticidade do lugar de onde eu vinha com a delicadeza da casa deles, ou com o amor gratuito que me dispensavam. De que forma um rapaz despreparado e bruto poderia avaliar corretamente todas essas dádivas? Deus! Meu corpo era um curral irrisório para conter o animal que eu escondia nas entranhas. Por isso, toda essa cortesia, todas as gentilezas, só me fizeram despertar demônios que eu mesmo desconhecia. Mas se eu me deixava levar pelas tentações, Deus sabe que, depois de cada deslize, denunciando a consciência da culpa, eu trazia no roxo dos olhos o estigma dos predestinados.)

Numa tarde luminosa, quando costumávamos caminhar pelas alamedas floridas (eu já principiando a imitar seus gestos: mãos às costas e o passo lento), Zé Luiz começou a me abrir seu peito lusitano: "Pois é, Alfredo, pois é..." – começava as frases sempre desse jeito – "Tudo tão certinho, tão conforme, e eu aqui me lastimando". Falava devagar e cabisbaixo, como se cometesse uma falta por não agradecer sem reservas a sorte que lhe cabia. "Um varão, Alfredo, apenas isso... é tudo qu'inda peço. Por razões pequenas, Alfredo, quase simplórias. Só queria um amigo, um pupilo para legar o pouco que apreendi da vida."

Nessas tardes cheias de silêncio, de olhares e frases entrecortadas, ia aos poucos reconhecendo a face que um dia haveria de beijar.

Numa manhã, assim que pulei da cama e escancarei as folhas da minha janela, observando a luz do sol aquecer cada pedra, cada viga daquela casa, identifiquei o cerne do meu desespero. Foi um baque. Como se pela primeira vez eu olhasse para fora de mim mesmo e visse a simplicidade e a harmonia de que se compunham as coisas daquele quintal.

Mas o meu duende maldito já estava solto e corria livre pelos canteiros. Apesar de todo o meu desespero, invertemos os papéis, e era ele, o maldito, quem comandava os impulsos da minha mão. Quantas vezes, durante os brinquedos mais inocentes, senti um frêmito estranho, um descompasso na pulsação, sempre que tocava aquele corpo. Sim, eu vira bem tudo isso, mas já não estava em mim o poder de parar a roda do meu destino (talvez esse lado insólito fosse também o mais sedutor do meu caráter reprimido). Mesmo o velho, implacável moralista, sempre nos repetia que acima do livre arbítrio estava a sina de cada um. Por isso, deixei as coisas acontecerem à revelia, e me pus a beber, sem remorsos, da taça ingênua que ela me oferecia.

Nesse lapso de tempo, pesei e repesei todos os acontecimentos, e só então me dei conta do absurdo com que alinhavávamos nossa curta história. Não fossem certas regras, certos tabus, que importância teria essa inconseqüente relação comparada ao sentimento que me unia a seu Zé Luiz? Acendendo um cigarro na ponta do anterior, ele, sem saber, me impunha o maior castigo: o prolongamento insuportável da angústia. Fui tomado então pela necessidade de acabar com aquilo. Mas com quais palavras? Com que gesto?

"Zé Luiz! Seu Zé Luiz!", eu gritei, sentindo as mãos doloridas de se apertarem nervosamente. "Olha pra mim, seu Zé!" Mas era um grito sem nenhum peso, um grito sem força que não encontrava eco no abismo onde ele se recolhera. Como era inócuo esse meu expediente. Conhecendo-o como conhecia, eu tinha obrigação de saber que um simples berro seria tão pouco eficaz quanto um balde de água fria ou um tabefe na cara. Ninguém melhor do que eu poderia enxergar através do seu prisma e avaliar a profundidade do seu mergulho. Portanto, somente dentro de mim mesmo, num recôndito, eu encontraria a fórmula para trazê-lo à tona. Saltei então em busca dessa reposta, mas acabei por encontrar, toda vez que imergia, uma hipótese mais dolorosa. E por serem tantas as hipóteses, e por parecer cada uma delas a mais plausível, acabei por me enxergar ali, tal como ele, enleado dentro de mim mesmo. Com que horror, com que asco, eu repudiava essas alternativas, para voltar aos perfeitos fragmentos de lembrança que me remetiam aos cantos amados daquela casa. Porém, Deus, foi num desses fragmentos que encontrei a chave do seu resgate – a palavra-chave! Revi as cenas dos nossos fins-de-semana na intimidade do quintal, quando nossa sensibilidade, a minha e a dele, afloravam à simples expectativa de uma palavra que eu acabava por não dizer. Não, eu nunca soube fazer uso desse mágico vocábulo quando as circunstâncias o tornavam quase simples; entretanto, agora que ele talvez adquirisse um aspecto profano, eu haveria de despejá-lo. Mesmo sabendo o risco dessa palavra já não ser na verdade a tábua, mas a pá de cal, eu tinha de dizê-la, pois era tudo que me restava. Queria agarrar Zé Luiz pelo ombros, porém, por me encontrar em estado de grande comoção, não encontrava a necessária postura. Onde buscar equilíbrio para me manter em pé, ou para soerguê-lo se preciso fosse? Onde encontrar a entonação adequada para dizer aquilo que tencionava? Não sabia. E quando o segurei acho que ele, embrutecido e longe, sequer sentiu a frágil pressão dos meus dedos em seus ombros. Contudo, olhando sua comiserada figura, me dei conta do quanto já o amava, e de como me doía vê-lo nesse estado de prostração. E foi justamente aí que procurei a alavanca que me faltava. Agarrei-o fortemente pelo pescoço, abaixei-me até tocar com o rosto os tufos crespos do seu cabelo e gritei com a voz embargada: "Pai, sou eu, teu filho!...", mas devo ter engrolado de tal modo as palavras que ele sequer ouviu, e se ouviu nada entendeu, tal a impassibilidade em que se mantinha. De repente, abastecido de forças insuspeitadas, me postei melhor à frente dele e quase arranquei da cadeira o seu corpo pesadão. Então, uma providencial dose de histeria tomou conta da minha vontade, e me pus a gritar no mais completo desvario: "Pai, sou eu, Alfredo, teu filho! Teu filho! Me escuta, pai, faz de mim o que achar mais certo. Eu não me importo porque sou teu filho; entende, pai? Teu filho!".

(No meio das trevas desse salto, pude enxergar uma luz tênue acendendo bem no fundo dos seus olhos. Tão tênue que somente quem o conhecesse tanto quanto eu poderia tê-la percebido assim distante; porém, suficientemente clara para que eu já fosse relaxando a dolorosa tensão dos músculos e me preparando para enfrentar as imprevisíveis conseqüências do seu retorno.)

Zé Luiz recobrava-se enfim. Grudado ainda ao pescoço dele, eu podia acompanhar uma chama intensa enchendo aos poucos seu corpo de vida. Um sangue forte coloriu a palidez do seu rosto quando pôs os olhos em mim. Senti medo. A bem da verdade, o medo misturou-se a uma espécie de prazer quando, invertendo abruptamente os papéis, me agarrou fortemente pelos ombros. Eu me sentia como um trapo tremulando diante do seu olhar; e Zé Luiz, como que para se certificar de que tudo aquilo era real, sacudia-me com violência. Meio desfalecido, ainda encontrei coragem para repetir: "Pai, faz de mim o que achar mais certo".

Zé Luiz me puxou de encontro ao peito e me apertou de um jeito um tanto brusco, mas carinhoso, generoso e brando como o pai que eu sempre desejei. Então percebi que com esse gesto ele me abria, definitivamente, as portas da sua catedral.

Alfredo aos dezessete

Tinha o rosto coberto de acne, o corpo desengonçado e a pretensão de uma bolsa de estudos. Mania de ficar em frente ao espelho magoando uma espinha enquanto matutava uma equação. Medo da licenciosidade dos colegas, de sua arrogância e de suas cruéis zombarias. Medo, sim, dos rapazes, mas ainda maior das meninas. Gostava de solidão. No recreio, procurava os cantos desertos da escola; no passeio, andava sempre rente ao muro, a cara virada para a parede, óculos de descanso desnecessário, apenas para disfarçar um pouco a carantonha. Trancar-se em seu quarto para estudar ou ver revistas de mulheres nuas era de fato o que mais gostava. Nos finais de semana, queria mesmo era ir ao parque e ficar rodando a esmo, esperar a noite cair e se esgueirar por entre os carros, pilhando furtivo uma libertinagem qualquer dos casais. Antes imaginando do que vendo os movimentos suspeitos. Adquirira esse hábito escroto graças a uma vez em que, com a cumplicidade do luar, entrevira por acaso uma cena descarada. Era o pentear ansioso de um tufo triangular e negro, ali mesmo, no gramado que margeia o lago. A verdade é que vira pouco e mal, mas era sempre impelido por essa lembrança que ia buscar alívio atrás das árvores mais afastadas.

A barraca, presente do pai num aniversário, servia de refúgio durante as férias. Passar tantos dias escondido no quarto, obviamente não podia. Apetrechado, ia para o sítio do avô, mas não se hospedava com ele. Barraca armada numa clareira bem próxima do riacho, só vinha à casa quando acabava a comida. Para essas esquisitices, ninguém ligava. Mesmo nas férias, era bem disciplinado. Acordava com o canto dos pássaros, banhava-se na correnteza gelada e apanhava uma ou duas frutas para o desjejum. Então, já bem desperto e alimentado, estudava até cansar.

Arrancar da terra minhocas vivas e jogar linhadas na fartura do rio, comer peixe fresco passado em farinha de rosca com arroz cozido na lenha, como era bom. Fumo "goiano" picadinho bem fino, enrolado em palha de milho, para fumar na rede. Depois, a sesta. À tardinha, mergulhar o corpo nu nas águas turvadas por costumeiras pancadas de chuva e nadar até o sol baixar de todo. Que mais poderia esperar da vida? Fogo ainda aceso do cafezinho requentado, corpo moído dentro do saco, não tinha sonhos ao dormir.

Do lado de lá da cerca de arame farpado, crescia ao deusdará uma lindeza de menina. Mariana, cuja natureza rebelde se refletia nos olhos e no louro dos cabelos, e que, por criarse assim tão livre, desconhecia limites e desrespeitava fronteiras. Adolescendo ali no mato, de onde raramente saía, adquirira o vício ruim de bisbilhotar sorrateira os sítios vizinhos. Era sem dúvida o reverso de Alfredo. Integrava-se ao ambiente, enquanto ele com nada se identificava, buscando apenas, do lugar, a segurança do refúgio. Avesso às explorações e cerceado pelo limite que se impunha, acreditara apenas em coisas exatas. Como imaginar que aquele simples bosque de eucaliptos engendrasse tal criatura? Foi assim que, numa tarde de luz intensa, deixou-se apanhar desprevenido por esses olhos curiosos, enquanto secava sob o sol. Entre divertida e espantada, Mariana percorreu das espinhas aos calos o desengonçado desenho do seu corpo. Como nunca tinha visto um homem inteiramente nu, a princípio sentiu o coração saltar, mas logo respirou fundo e sossegou. Protegida por uma árvore grossa, foi se tornando mais e mais atrevida. Examinou detalhadamente aquela estranha anatomia, achando uma graça incrível. Prolongou o exame do sexo que, enrugado do banho frio, era um botão arroxeado e tosco. Não conteve o riso. Começou por rir baixo, a mão tapando a boca, mas foi perdendo o controle de uma gargalhada que escapou à vigilância dos dedos e se espalhou sonora, impossível de frear.

Alfredo ganhou o rio em dois pulos. Contraído dentro da água, não conseguiu um só pensamento lúcido. Ouvia apenas o som horrível daquela risada girando à sua volta como um louco carrossel de bocas, dentes e olhos. Nunca se vira em tal desespero, a cabeça tonta e o lodo se abrindo sob seus pés.

Estranho lembrar naquele instante a promessa que a mãe queria fazê-lo pagar em Aparecida do Norte. Pedia apenas que levasse à basílica uma oferenda pela graça alcançada. "Achada nas águas... faz tantos milagres! Abaixo de Deus, foi quem te fez vingar...", repetia sempre, mas ele teimava em se recusar. Pois agora, com o riacho se tornando absurdamente profundo, ele se valia da santa e suplicava em desespero um favor urgente.

Os olhos verdes da menina, sobretudo os olhos, continuavam a rodar à sua volta num enlouquecedor brinquedo de corrupio. A risada crescia atrevida, o corpo se aproximava, e os seios... os seios se avolumavam e pareciam nus. Para Alfredo, aquele corpo irrequieto era o da própria mãe-d'água abrindo no rio um turbilhão. Com que violência um tremor sacudiu-lhe o peito. O lodo agora era um sumidouro e o riacho um imenso Paraíba. Tinha a cabeça zonza, e um peso enorme agarrado aos pés roubou-lhe de vez as forças. Desabou.

Braços delicados, porém firmes, arrastavam seu corpo lasso para a margem do rio. Tinha náuseas, e o contato com a terra seca reconfortava. Uma mão pequena massageava compassadamente a tensão do estômago. Entreviu-a nublado através das pálpebras semicerradas (Nossa Senhora? Nua?). De repente a terra cedeu de vez. Sentiu entretanto que o espírito se desprendera e voava por sobre as árvores até juntar-se outra vez ao corpo, ali mesmo na margem do ribeirão. Reanimado, levantou-se raivoso, empunhando uma sólida peça que apanhara durante a queda. E, quando conseguiu reabrir os olhos, já não lembrava da santa. Mas a menina, essa sim ainda estava a seu lado, rindo debochada, violando a feiúra virgem do seu talhe. Tomado por um ódio incontrolável, levantou-se cambaleando, o objeto apanhado no mergulho preso à garra da mão. Sentia-se como um potro selvagem, pelo medo do inusitado, pronto a escoicear. Sequer lembrava a sombra daquele garoto recolhido e assustadiço. Tinha um brilho de loucura no olhar, e a menina, apercebendo-se disso, se esgueirou por entre as árvores, fugindo à fúria do porrete. Entretanto, não perdeu o ar zombeteiro, ao contrário, ria mais ainda, sem tirá-lo um segundo do foco dos olhos. Possuído, ele a derrubou com um golpe seco no alto do crânio, amordaçando-a em seguida com uma peça de roupa que recolheu do chão. Enfim, tudo consumado. Consumado? Os olhos, malditos olhos!, percorriam com implacável ironia o ridículo desenho do seu corpo. Uma ironia mórbida, aqueles olhos se destacando do rosto ensangüentado. Não pôde suportar mais essa horrorosa humilhação e vazou-os com os dedos, deixando aquela coisa repugnante à margem do rio. Logo lembrou-se de que não era comum abandonar um corpo assim, com a cara exposta, e teve necessidade de cobri-lo o quanto antes com folhas de jornal. Rastejou um bom tempo antes de encontrá-las, perigosamente enfiadas nas unhas traiçoeiras de um arranha-gato. Dilacerou ambos os braços ao apanhá-las.

Apressou-se em cobrir a cabeça da morta. Sobretudo os olhos, que eram o mais repugnante. Apanhou uma das folhas, mas não concluiu o ato, apavorado que ficou ao ler a manchete que sobressaía em letras garrafais.

Sob a manchete, uma foto. Aterrou-o a súbita consciência do crime. Quis correr, porém as pernas lhe faltaram. Arrastou-se então como pôde, o estômago pesando terrivelmente, a boca inundada por um líquido viscoso. Então, uma dor aguda precipitou-o outra vez numa longa queda.

Quando reabriu devagarinho os olhos, sentiu-se incomodado pela luz do sol. A cabeça rodava ainda. A moça, debruçada sobre o seu corpo, sorriu aliviada ao vê-lo recuperar-se. Já não havia uma sombra de inquietação em seu rosto bonito.

Mariana era assim, não desperdiçava os prazeres que a vida lhe oferecia. Perder um sol como aquele por causa de uma bobagem, sequer lhe passava pela cabeça. Recuperando a plena desenvoltura, correu graciosa para o rio, tentando reanimar o rapaz com gestos e gritos: "Venha, a água está boa!".

Alfredo levantou-se tonto, vomitando uma água turva. Ainda olhou de soslaio o corpo nu da menina, dourado à luz da tardinha, lindo... depois se lançou aos trambolhões para o interior do mato, ansioso por se entocar, por se encolher no canto mais profundo da barraca.

Maria Helena desabrocha

Há dias vem pensando em dar *O velho e o mar* a Maria Helena. O que não entende é o porquê de sentir-se tão inclinado a lhe dar esse livro. Provavelmente tem algo a ver com o gosto que desde seu último encontro teima em amargar-lhe a boca. Gosto indefinido que provoca uma sensação de revolta impotente. Embaralhado nesses devaneios, atravessa a praça sem namorar as árvores que tanto amava, sem trocar com o camarada do sebo as costumeiras impressões sobre autores e obras. "Que inquietação é essa que me obriga a pensar em tanta coisa, mas não deixa que eu me concentre em porra nenhuma?" Um enjôo dos diabos traz à boca uma saliva grossa. Pernas e idéias se embaraçam, perdem o rumo. É a náusea. O corpo oscila, como se estivesse no mar. O mar, o velho, Maria Helena, já não se lembra da última vez.

Das mesinhas espalhadas pela calçada sobe um cheiro forte de comida invadindo tudo. Acelera o passo, enojado. "Que bom se não fosse preciso comer, nem beber, nem vestir; ou se ao menos não se fosse obrigado a seguir tantas regras."

Ao desembocar na avenida movimentada, lembra que já tivera alguma simpatia por certos grupos alternativos. Do mesmo modo, admirara os andarilhos descomprometidos com o tempo e com a sociedade. Lia Hesse nesse tempo e sonhava ser um novo Sidarta. Largar os bens que já não tinha e botar os pés no mundo. Entretanto, envergonhava-se de confessar que a higiene suspeita dessas comunidades superava qualquer arroubo moral ou ideológico. Passara um dia inteiro num lugar desses com um amigo convertido e mal pudera engolir um copo d'água. Ainda agora, lembrando, o cheiro da comida impregnado nas narinas, não pode evitar o engulho. Encosta-se ao poste de iluminação e vomita.

A razão, vadia, teima em vagar a esmo quando se reclama um pouco de lucidez. Vinha atravessando uma fase confusa, onde coisas boas e ruins se misturavam de tal modo que muitas vezes era incapaz de distingui-las. Chamava suas reflexões de conversas, como se dois eus diferentes disputassem sua mente. "Sobre o que falávamos mesmo?" Faz força para reatar a conversa no ponto em que a *haviam* interrompido.

Percebendo em si a tendência para a ação impulsiva, entrava nesses embates íntimos, na tentativa desesperada de reencontrar uma lógica. E aí, não via os aspectos românticos que tanto amava na cidade, as praças, os museus, o teatro majestoso, por onde passava agora. Em contrapartida, não ouvia o trânsito, não via as pessoas, os anúncios, nem as vitrines, coisas que, nessas ocasiões, levavam-no do tédio à angústia.

Numa rua saturada de barracas de ambulantes, desperta do transe e dá de cara com um televisor, chuviscando suas cores na vitrine. "Porcaria." Sente-se acuado, sabe-se lá por quê. Olhando para o alto, os frios paredões dos prédios reduzem ainda mais os espaços vazios da rua. Isso de certo modo é assustador. No lusco-fusco, um pedaço trapezoidal de céu o acalma. Lembra-se dos olhos cinzentos do amigo, serenos como um lago. Há quanto tempo não se viam?

Sem interromper a caminhada, olha de relance o vale que se estende verde sob o viaduto, o qual, embora cortado pela avenida congestionada, é uma delicada pintura. Dessa vez, entretanto, prefere andar olhando o céu, que dali oferece uma visão mais ampla. Deseja poder não ver os prédios ameaçadores, sempre prestes a invadir os vales, dimensionando a incrível distância que o separa das pessoas, sobretudo das que lhe querem bem. Um dos eus forjados dentro de si deseja ter o amigo ali presente para dividir com ele suas dúvidas e inquietações; já o outro deseja-o longe, "ele e a porra da alma gêmea, enfim encontrada". Difícil saber que sentimento o incomoda mais nessa hora, o amor ou a inveja.

Era uma fantasia essa hipótese dos dois seres antagônicos, um instintivo e outro racional, coabitando seu interior. Mesmo porque os "seres" digladiavam-se por motivos vãos, sem nenhuma grandeza. Porém, era um hábito que vinha se enraizando, do qual já não era fácil se desvencilhar. A bem da verdade, cultivava esse procedimento insólito com se fosse uma excentricidade de grau superior, sem suspeitar que os transeuntes, vendo-o caminhar pelas ruas resmungando e aos trambolhões, poderiam simplesmente achar sua atitude absurda ou ridícula.

Um cheiro azedo o nauseia de novo, desta vez trazendo clara a imagem do velho sapateiro, um lituano, pai de Maria Helena. "Velho fujão! Não suporto sua cara gorda, de costeletas grossas e grisalhas, seu hálito pesado de vodca, seus arrotos, seu ronco, seus peidos. Velho porco!"

Desce uma ladeira, local de comércio barato, sempre atulhada de gente, com casas de alimentação apertadas e sujas. Escora-se na parede, respirando fundo para não vomitar de novo. É pior. Percebe que se amparou na parede da pastelaria onde certa vez encontrara um fio grosso de cabelo no recheio de um salgadinho. Engulha. Ainda bem que no final da ladeira se abre o largo de onde partem ônibus e lotações, rumo à periferia. Quem o vê adentrar o coletivo, naquele estado, pode jurar que acabou de se atracar com alguém e levou a pior numa briga feia. Não seria de todo errado pensar assim. Recosta a cabeça no vidro da janela, nocauteado. Parece mais um bêbado semi-acordado. Zonzo, ainda se lembra de um velho com uns restos de remo na mão querendo lutar contra o inevitável, querendo defender seu grandioso pescado, resultado da experiência de uma vida inteira.

Acorda com o sol alto. Meio trêmulo, afasta com indiferença o livro, apanha a carteira de cigarros sobre o criado e sai para o quintal. É sábado. O sol desperta nele uma sensação gostosa, delineando em sua mente um corpo de mulher. Lembra-se de Maria Helena. Seu rosto feinho, seu jeito sem graça, seu corpo bem feito. Lembra-se sobretudo das pernas douradas de sol. Deseja que a noite chegue depressa para abraçá-la no escuro da varanda. O cheiro do velho, de suor rançoso, vem se intrometer, quebrar o encanto. "Velho porco!" Cospe.

*

"Velho porco", pensa, vendo o pai descer o comprido lanço de escada que liga a varanda ao portão da rua. Embaixo, o velho se volta esperando que ela lhe jogue o beijo costumeiro. Maria Helena titubeia, mas logo se arrepende e joga um beijo rápido com a ponta dos dedos. "Velho fedido", não consegue evitar o pensamento.

Sempre fora uma boa filha. Sabe que o pai, por detrás do comportamento arredio e do jeito carrancudo, esconde uma boa alma. Recolhido em sua pesada casca, jamais responde perguntas sobre o passado obscuro. Nem mesmo a mãe sabe ao certo de que modo ele escapou da Lituânia e veio parar aqui, neste fim de mundo. Sem cultura, é mestre em seu ofício de sapateiro. Sente-se protegido entre suas solas, suas tachas, seu martelo. Conhece o couro pelo cheiro e a cola pelo sabor, mas não sabe lidar com pessoas, nem com as artimanhas em que o enreda essa maldita língua. Por isso, mesmo em casa ele se fecha, fazendo-se entender mais por gestos que por palavras. À noite, depois do jantar, isolado num canto da sala, bebe sua vodca e fuma seus palheiros. O sono chega sempre acompanhado de um forte ronco, e só então o corpo relaxa e o rosto descontrai. Nessa hora, Maria Helena não consegue se aborrecer com suas bochechas gordas, com suas espessas costeletas grisalhas, e, mesmo sem querer, seu coração se enternece.

Com a chegada desse sentimento estranho, sua vida vem ganhando um fuso incerto. Cada dia um caso imprevisto, uma emoção nova. Seu pensamento gira sempre em sobressalto. Sua alma se pinta de um colorido impreciso que passa da ansiedade ao prazer, do prazer ao desgosto e de novo à ansiedade. Em descompasso com tudo aquilo que sempre sonhou, o sentimento chega na forma de um homem bonito, que lhe oferece um amor carregado de sensualidade, mas despido do menor romantismo.

Já causam estranheza na mãe suas contínuas mudanças de humor. Para evitar explicações constrangedoras, culpa as dificuldades que sempre teve com os estudos. Acorda muito antes da hora, apanha a mochila e sai para a rua. Em nenhum lugar sente-se bem. Na escola, sentada no alto da escadaria principal, olha as pessoas com ar dúbio, com vontade de gritar: "Tem um homem na minha vida!". Mas o medo de bancar a idiota é mais forte. E se ele some de repente, assim como veio? É imprevisível. Chega sempre falando de coisas esquisitas, idéias tiradas dos livros, magoando as pessoas por motivos banais. E quando olha para o pobre do velho, sequer tenta disfarçar o asco.

"Lasovoi, Maria Helena Lasovoi!", os mestres não sabem o que pensar. Ela, que até outro dia era uma das alunas mais aplicadas, agora vive assim, longe.

Passa as tardes lendo ao sol, tentando encontrar um bom assunto para a noitinha. Sabe também o quanto ele aprecia quando ela "ganha uma cor". Mas, quando ele vem, se encolhe com medo de dizer qualquer bobagem que o faça zangar. Toda vez que isso acontece, ele não a agride diretamente, prefere descarregar a ira no velho: "Veja como ronca o gambá".

Desgosto maior é quando ele simplesmente não vem. Ansiosa, vai à janela de minuto a minuto. "Que namoro é esse?", a mãe cobra e ela mente: "Mandou recado, tá um pouco doente".

Repassando essas coisas, parece-lhe que o forte suor do pai ainda flutua na escada, como um aviso de mau agouro. Um grosso nó vem magoar-lhe a garganta. Traz uma dor física. Suas alterações repentinas de humor têm uma causa lógica, mas ela não entende. É a mulher que rompe a barreira do medo, e timidamente desabrocha. Mas isso não se dá tão de repente, é um processo imperceptível. Ela não sabe ainda conciliar o amor que a consome com o caráter terno que possui. É dolorosamente sublime o sentimento novo. Não quer perdê-lo, mas para isso terá de sacrificar coisas que, desde pequenina, foi ensinada a respeitar.

Relembra outra vez o passo abatido do pai, e, na névoa densa que confunde seu espírito, surge uma luz tênue. Nisso, entre o andar arrastado do velho e o seu próprio descompasso, sente pender uma lágrima de gelo.

Desabrochar é confuso. Sentimentos se embaralham, se juntam, ganham formas muitas vezes imprevistas.

"Meu querido, meu porquinho", pensa Maria Helena, olhando a rua deserta.

Lama

A mancha amarelada que se vê nas paredes das casas não deixa dúvida: é uma cidade doente. Tem um córrego que eu ainda não sei de onde vem cortando a cidade ao meio. O cheiro é horrível! Sobretudo quando as águas baixam, ele é forte e pestilento. O ar é úmido, as ruas estão sempre recobertas pelo lodo.

Eu sei, mãe, que pouco lhe interessa a descrição da cidade. É de Ele que você quer saber, mas é preciso prestar atenção em tudo para poder entender. Logo que cheguei, fui me informar sobre seu paradeiro. A cidade é pequena e todos se conhecem; mesmo assim achei melhor procurar o quitandeiro, o morador mais antigo. É um velho encovado, de pele esverdeada, que produz sua mercadoria no fundo do quintal. Ele não me deixou abrir a boca e foi logo dizendo que a cidade é uma beleza nesta época do ano. Você precisa ver a estação das chuvas, falou com uma voz que misturava sons de risada e de tosse. Não gosta de falar sobre pessoas, apenas sobre o tempo e as plantas; sementes, mudas, e replantio. "Não é qualquer planta que se adapta a este lugar, é preciso conhecê-las bem...", ele repete incansavelmente, falando, parece, consigo mesmo. Ainda assim, me acendeu obscuras suspeitas de que as coisas por aqui dependem muito da vontade de Ele.

Sabe, mãe, embora eu ainda não o tenha visto, quer dizer, não o tenha visto fisicamente, percebo sua presença em todas as coisas. As pessoas têm sempre os olhos marejados, falam como penitentes, e a gente, escutando com atenção, vai aos poucos percebendo que é Ele falando pela boca de cada um. Eu mesmo demorei muito tempo para me dar conta da sua presença. Às vezes eu o sinto tão próximo que não consigo reprimir o chamado: "Ele!", grito, e sinto sua resposta rápida, como se fosse um calafrio. Ah, quando ele se manifesta desse modo consigo relembrar nossa vida lá no Remanso. Andávamos sempre juntos, os três, sempre nessa ordem: Ele, a mãe e eu. Naquele tempo eu era apenas o Pitoco e andava livre de preocupações. Bom tempo aquele! Hoje, andando por esta cidade contaminada, já sou um homem e tenho dificuldade para lembrar do Pitoco e do cheiro bom do Remanso. Mas, lá pelas cinco da tarde, quando o sol está bem baixo, vem outro cheiro misturar-se ao do córrego. Descobri que vem das lagoas que se formam nos arredores, em volta das olarias. São águas paradas, mais fétidas e pestilentas que as do rio. Noutro dia estive lá. Vi homens chafurdando na lama para encher as caçambas, convivendo com os anuros que se multiplicam no brejo. Vi outros abrindo com picaretas novas cacimbas. E ainda alguns queimando na boca das fornalhas. Vi os burros caminhando sem guia, num traçado imutável; vi frangos-d'água e gambás. Tudo isso eu vi numa passada de olhos, pois não agüentei ficar muito tempo, embora sua presença seja mais constante nesses lugares.

Mãe, tenho medo do que está por vir, mas não posso desistir de procurar. Já conheço cada palmo desta cidade, de seus arredores, até mesmo do interior de algumas moradias. Sinto que Ele não está suficientemente presente, embora se faça notar em tudo e em todos. Ele se revela, mãe, mas não se materializa. As pessoas devem sentir o mesmo medo, pois já me olham de um jeito diferente; eu diria que de um modo um tanto assustador. Talvez percebam alguma semelhança entre Ele e mim. Você mesma reparava na ginga do nosso andar e no nosso alheamento. "É isso que os aproxima, que os torna verdadeiramente irmãos. Não é a cor, nem é o tamanho, nem são as capacidades de cada um... É isso, a ginga, o olhar perdido..." Você sempre falava, mãe, quando a gente andava os três pelo Remanso.

O quitandeiro me disse que a estação das águas está próxima. Perguntou se eu sentia um cheiro diferente no ar. "Quem não conhece esses aguaceiros, ainda tem tempo de partir." Embora falasse de si para si, notei por detrás da umidade dos seus olhos uma nesga de simpatia. Desejava no fundo que eu ficasse.

Outro dia um homem me olhou aflito, com se esperasse de mim algo que ainda não lhe posso dar. Sequer imagino o que seja, mas sei que possuo alguma coisa que a todos pertence. Ele tem certamente a resposta, mãe. Me dói ter tanta certeza e não saber como encontrá-lo, Ele.

Outros homens têm me olhado aflitos. Um caiu a meus pés de mãos estendidas. Não os estimulo, nem os desengano, apenas sofro e me desespero. O gesto esperançoso dessa gente me fere sem piedade, por isso eu me embrenho no mato, desgrenhado e sujo. Procuro os arredores mais pestilentos, onde a presença dele é mais forte. Passo dias por lá, gritando seu nome alucinadamente: "Ele! Ele! Ele!".

É claro que as pessoas nada compreendem, pobres flagelados. Ainda assim arrastam-se solidários, impõem-se severos castigos. Quando me vêem, persignam-se humilde e inutilmente. Acham que esse é um bom modo de me ajudar. E têm razão, mãe, porque é graças a eles, à sua esperança gratuita, que eu mantenho a fé, me sobreponho ao medo e não desanimo de procurar por Ele.

Anseio encontrá-lo a tempo, antes que cheguem as águas.

Coágulo

Tenho a água pelas canelas, e os jatos que espirram de narinas leoninas, banhando todo o meu corpo, causam-me arrepios de frio. Há menos de cinco minutos que estou aqui e já é incontável o número de pessoas que se acotovelam em busca de um lugar melhor para me ver. Essa situação extravagante em que me encontro aguça meus sentidos; assim, posso captar as mais diversas sensações: a incredulidade, o pasmo, o deboche, a raiva, o medo...

Faz uma esplendida manhã de sol e não me incomoda a nudez. Entretanto, essa situação me propicia tal agudeza de percepção que é quase como se eu lesse o pensamento dos outros. Enxergo, sem querer, suas reações efêmeras. Embora eles se amontoem, disputando com valentia o prazer de me espiar, sou eu que vasculho seus segredos. Um baixinho avermelhado me olha pasmo. Não permite, coitado, que um só pensamento lúcido penetre seu cérebro entorpecido. Ah, e eu sinto um prazer incrível! Um outro, de óculos de tartaruga sobre o nariz, sente um medo que imobiliza. Contempla-me com morbidez, recuando trêmulo cada vez que é flagrado. Mas não só ele sente medo. Há um medo bem maior no grupo dos debochados. Tanto que me olham de viés, sem nunca mostrarem a cara. Enrouquecem ou nasalam a voz, escondidos detrás dos mais afoitos. Sinto que se abandonasse de repente o chafariz em saltos de acrobata e me enfiasse no meio deles, vários desmaiariam. Um sujeito gordo, modos de pastor, emborca uma forte medida dessa mistura amarga, a incredulidade e a cólera, que acredita vazar da minha exótica banheira, e desabafa: "Cristo poderoso, só com a morte...".

Nesse momento, ouvindo ao longe agudos lamentos de sirenes, tomo consciência de que em breve poderei purgar o meu coágulo.

Quem maior atenção me desperta é aquela cinqüentona que de modo algum abre mão do seu posto, ora se prevalecendo de sua condição de senhora, ora de uma inusitada força física. Encontra-se possuída por uma agitação interior que se revela na epiderme. Tem a respiração arfante, de asmático, e o olhar vazio. É ela quem está mais próxima de mim. Ao esmagar as dobras das coxas contra a parede rústica do chafariz, sente como se as apertasse nos ossos dos meus joelhos.

Posso ouvi-la. A voz pegajosa e rouca mascara com ofensas a voluptuosidade mal contida: "Canalha... cadê as autoridades?... surra e prisão... bandido...".

Sua histeria tem a força de reacender em meu peito a intensa comoção de um caso que eu dava por esquecido. Isso me desequilibra, e quase perco o pé. Lembro-me de um jovem correndo nu por uma rua de minha infância e da voz sussurrada de minha mãe falando consigo mesma, talvez: "... pendurado pelos cabelos, assim nu, à hora do sol mais escaldante, bandido...", mas logo misturo tudo e já me parece que é o meu desvario que confunde os trejeitos dessa senhora com a fala longínqua de minha mãe. De resto, já nem sei qual delas via na castração um castigo exemplar para tal afronta. Ofendíamos, ele ou eu, o olhar de pessoas respeitáveis que estendiam às praças a moralidade da própria família. Antonieta, uma vizinha, voltava comigo da escola quando demos com aquela cena. Janelas se fechavam com estrondo, mulheres rezavam no interior das casas, e eu, inocente, quis arrastá-la para ver o louco. Não podia imaginar que aquele cisco de gente pudesse vomitar palavras tão duras: "Eu sou cadela, por acaso?", ela disse, olhando de esguelha para minha mãe. Ceguei. Desgovernada, minha mão voou sobre o rosto chupado da menina e os meus pés caíram como marretas sobre o seu corpo franzino.

Algo me perturba fortemente. A intensidade da luz incomoda e fere meus olhos, e o rosto do jovem que desfila diante da mãe seus bizarros segredos é idêntico ao meu. Seja como for, as vozes que me perseguem têm certamente a mesma procedência.

Gostaria de ver a cara da tia Liza quando souber dessa minha façanha, provavelmente através dos jornais. Afinal, foi ela quem me vazou este coágulo, hoje de madrugada.

"Você não é normal, menino, não é! Não pode ser normal!" Fora de si, ela repetiu essa frase várias vezes, depois de me haver esbofeteado ambas as faces. Embasbacado, só me ocorria perguntar: "Por quê, tia, por quê?", enquanto ela despejava num só fôlego um desapontamento que eu não entendia: "De que te valem esse teu belo corpo, esse rosto másculo, esse cérebro privilegiado, de que te valem, hem? É isso o que você espera da vida ? Diploma de doutor, família, bens... Quem sabe gerente de vendas, gravatas... Ah, que belo quadro pra posteridade: defronte à fachada, o gerente imponente, a mulher de olhar servil, rosto pálido sob o rígido apanhado dos cabelos; as crianças abaixo, impecáveis... Quanta, quanta falsidade..!".

Nesse instante a tia subiu de novo o tom e levou-me outra vez a mão ao rosto, sem a violência de uma bofetada, mas com uma vitalidade que me assustou ainda mais. "Tudo casca, garoto. Matéria imprestável e sangue coagulado... Sangue ruim que poderá levá-lo à gerência de vendas ou a algo pior. Uma vez vazado, não lhe dará escolha. Só restará a dura realidade do chafariz da praça!"

Disse as últimas palavras já em tom cansado, vencida pela minha passividade. Apanhou um cigarro de cima do criado, os lábios tremendo levemente, balbuciou "Esquece" e foi se debruçar no peitoril da janela. Antes de sair, ainda fui imbecil o bastante para repetir: "Por quê, tia, por quê?".

Tia Liza é a irmã mais nova de minha mãe. Sempre fomos muito unidos, desde o tempo em que ela era uma jovenzinha e eu apenas um moleque. Depois que mamãe nos deixou, ela passou a viver com a gente no casarão do subúrbio, e eu tratei de conquistar-lhe o carinho e a confiança. Não perdia chance de lhe confidenciar minhas inocentes traquinagens, que ela não somente acoitava como ainda incentivava, com seu jeito malicioso de esconder o riso. Hoje ela beira os trinta anos, mas para mim é como se ainda tivesse os mesmos dezoito daquela época. Deve ser por causa dessa jovialidade que eu nunca me constrangi ao lhe falar das minhas intimidades. Temo inclusive que seja muito mais por esse motivo que por uma real afinidade. Apenas agora, depois que tivemos esse entrevero, passei a enxergá-la como um ser humano que tem as mais diversas necessidades. Necessidades reais e imaginárias, como todo mundo. Certamente, maiores que as minhas, porque tem de enfrentar uma sociedade hipócrita, porque já vai fazer trinta anos, e porque é absolutamente só.

Pobre tia. Foi preciso que ela ajudasse a vazar esse coágulo que me embotava a cabeça para eu retirar a venda dos olhos. Ontem, por insistência dela, fomos a uma boate comemorar a minha vitória no vestibular. Por desconhecer o fascínio da noite, relutei em atender seu convite, mas devo confessar que vivi horas inesquecíveis. A tia me olhava com ternura e, entre um cigarro e outro, bebericava seu uísque com soda. Eu, que não bebo nem fumo, aproveitei o momento embriagador para recostar a cabeça em seu peito e lamentar as agruras das noites mal dormidas e das diversões adiadas.

Ela tinha um cheiro bom ali no vão dos seios, onde eu repousava a cabeça, por isso estava quase cochilando quando ela me chamou para dançar. Não tenho noção do tempo que rodamos na pista. Eu mal respirava para saborear melhor o encanto daquele momento. Era ela quem se aninhava pequenina no meu peito, mas era eu quem procurava absorver toda a segurança contida naquele abraço.

Voltamos de madrugada, correndo como dois moleques pelas ruas desertas. Embora impecável como sempre, eu andava adiante dela e me escondia nas reentrâncias das paredes para agarrá-la de repente, fazendo-a rir como uma desmiolada.

Ainda estava escuro, quando chegamos à rua onde a tia passou a morar depois que mamãe voltou de repente pra casa. É um apartamento pequeno, no segundo andar de um velho edifício próximo ao bairro oriental. Àquela hora, só se ouviam os gatos vadios entornando latões de lixo pelas calçadas, e, longe, as vozes roucas dos entregadores de leite que cantavam despejando a encomenda na porta dos estabelecimentos.

Ainda alegre, tia Liza demorou um pouco a acertar o buraco da fechadura, e isso foi motivo para que entrássemos engasgados de rir. Preocupado, recuperei depressa o equilíbrio e agarrei-a pela cintura, abafando seu riso com a concha da mão: "Quieta, tia, quer acordar a vizinhança toda?". Já sem rir, a tia me atirou um "Danem-se", e, jogando bolsa e casaco sobre a poltrona, sentenciou: "Hoje você dorme aqui". Dizendo que era quase dia, recusei o convite por um pudor carente de convicção. Entretanto, ela nem me ouviu, e se ouviu não deu importância alguma, pois se enfiou no quarto e se pôs a cantarolar uma canção romântica. De minha parte, apreciei como nunca o seu gesto impositivo. A bem da verdade, a coragem nunca se destacou entre as minhas qualidades, e só em pensar na escuridão das ruas desertas, nos gatos vadios...

Quando saiu do quarto, ela já estava enfiada num roupão felpudo e, antes de entrar no banheiro, me lembrou de que tinha café na térmica, compota de mamão na geladeira.

Eu conhecia seu apartamento de cor. Pequeno, mas bem arranjado, deixava sobressair um estudado desleixo na arrumação das coisas. Uma estante com alguns livros de autores nacionais contemporâneos e um volume encadernado em couro das Escrituras Sagradas, presente meu. Próximo ao aparelho de som, uma prateleira com discos de música "alternativa", uma gente que eu não entendo, e que ela mesma só mantém ali para sentir-se aceita. No gabinete trancado da estante é que está escondido o seu tesouro, música erudita, melodias que me incomodam mais ainda que as outras. Desalinhados nas paredes da sala e do hall de entrada, quadros de vários estilos, autores que conheceu nos tempos de faculdade. De resto, um apartamento de gente comum, um canto como outro qualquer.

O gosto do café morno derrubou de vez o meu ânimo, e me estirei no sofá, folheando desatento o fino papel da bíblia. Então, numa página aberta ao acaso, vi um grifo medonho. Foi nessa hora, acho, que começou realmente o nosso entrevero. E nem era exatamente ele, o maldito grifo, que eu via. Eram as paredes nuas do reformatório. Era a cara odiosa do padre Vittorio me apontando culpas, me impondo castigos... maldito padre. A voz que vinha do banheiro já não era a voz suave da tia cantarolando no chuveiro, era a voz catarrosa do velho me tomando de má vontade as lições. Mas eu não podia deixar-me apanhar nesse desvario, precisava urgente de uma válvula de escape. Arranquei a página do livro e mastiguei-a até que se transformou num bolo nojento que cuspi janela abaixo.

Recuperado o autocontrole, instalei-me o mais confortavelmente possível no sofá, decidido a passar a noite ali, de roupa e tudo. Tia Liza tinha o costume de dormir até as tantas, e eu pretendia sair de mansinho, assim que o dia clareasse. Apesar da calma aparente, ainda sentia subir à boca um visgo amargo, e preferia me fechar por algum tempo. Enfiado nesses pensamentos, nem percebi em que momento ela passou do banheiro ao quarto, mas não pude deixar de ver o quanto estava bonita quando voltou pra sala.

Era uma beleza cruel, que me deixou, sei lá por quanto tempo, fora de sintonia. Quando dei outra vez por mim, eu não me reconheci. Não podiam ser meus os desejos contraditórios que me assaltavam. Um forçava-me a cair de joelhos e trocava o fel da minha boca por uma gosma adocicada e obscena, me exortando a cobrir com essa baba o torneado de suas pernas. Como era duro resistir a esses impulsos enquanto meus olhos, sem domínio, buscavam seu corpo mal escondido por uma camisola vermelha. Já o outro, amparado numa voz sensata, me encorajava a conter o desejo, me incitando a alertá-la com palavras duras o quanto de ridículo e de leviano havia na atitude. Ou então, a ir imediatamente embora, deixando que esse meu ato decidido e silencioso mostrasse por si só o quanto eu estava chocado.

Mas não fiz e nem falei nada. Fiquei embasbacado, esperando covardemente que as coisas tomassem um rumo que me fosse favorável. A tia é que nem deu pelo meu drama, e deve ter pensado que o meu olhar perplexo era produto da minha conhecida timidez. Tanto não deu que se aproximou de mim como uma gata, roçando os pés pelo carpete, e, arranhando o meu peito com a unha, anunciou que a cama estava pronta à minha espera. E disse isso como se dissesse:

"Filhinho, o café está na mesa", quer dizer, com a mesma naturalidade. Essa maluquice da tia me arrancou da letargia em que me encontrava. Ela só podia estar louca, ou possuída. Decerto foram as emoções da nossa noite que a transtornaram, a atmosfera sensual da boate, os uísques, a intimidade... Foi centrado nesse raciocínio que resolvi me fazer de desentendido: "Ora, tia, você mesma me ensinou a ser cavalheiro. Já se viu, eu no conforto da cama e você quebrando os ossos no sofá, nunca!". Ela riu debochada: "Sabe que às vezes você me desconcerta? Verdade. Fico tentando compreender se você faz o tipo inocentinho por timidez, pudor, ou verdadeira carolice, mas é demais pra minha cabeça. Pouco importa, pois hoje não vou deixar que nada atrapalhe. Sendo assim, esquece a tia, o sofá, os ossos quebrados, e vem".

O quarto estava realmente lindo. Em cada dobra, em cada aroma, um ardil. Cheirando a nova, a roupa de cama tinha arranjos de armadilha, e a colcha, intencionalmente virada, revelava sugestivas estampas no lençol. De um abajur sobre o criado escapava uma luz sutil que envolvia os detalhes numa atmosfera de fantasia e transformava o quadro num poderoso convite à devassidão. Ao menos, foi isso que enxerguei.

Acho que essa beleza lasciva do quarto foi a gota d'água. Numa explosão, meu cérebro se tingiu de um vermelho tinto e eu me pus a gritar: "Bêbada! Você só pode estar bêbada! Só isso explica uma atitude tão leviana".

Enquanto eu falava, o rosto dela foi perdendo a cor, mas um tremor nas sobrancelhas denunciava que a súbita palidez era apenas um hiato entre o espanto e a cólera. Porém, eu já era incapaz de enxergar o que quer que fosse, e prossegui na ofensiva: "Aliás, tia, você deve andar bebendo demais. Só isso justifica o inconcebível grifo que eu vi numa página da Bíblia que lhe dei". Despachei aquele grifo que trazia entalado na goela, verdadeira razão do meu desvario. E teria ido ainda mais fundo se ela não tivesse interrompido o meu acesso com dois sonoros tapas na cara. Daí pra frente, fui eu quem permaneceu passivo, ouvindo sem compreender o tanto de coisas que ela despejou. Por fim, aparvalhado, só soube ficar repetindo a mesma pergunta imbecil: "Por que, tia, por quê?".

O sol se esconde atrás de nuvens infindáveis, e eu já não sinto o conforto dos primeiros momentos. Num esforço débil, minhas mãos tentam disfarçar a nudez, essa nudez que a partir de hoje, por mais que sobriamente eu me vista, jamais deixará de se expor.

Quem, Liza, poderá abreviar minha angústia? Algemas? Camisas-de-força? Que sabem estes seres maquinais sobre coágulos sangüíneos? Se me fosse dado o direito de escolher, eu pediria os serviços de um mestre marceneiro, sob comando de quem Liza manusearia com destreza a pua, atingindo com um só furo meu lençol de sangue. Única chance que entrevejo de reencontrar o caminho.

Antônia

Acho que passei a maior parte do meu tempo procurando Antônia. É claro que no princípio eu não sabia o que procurava e só intuía a falta de alguma coisa. Era Antônia, sei disso agora. O meu pessoal, a gente que me rodeia, esses não crêem em mim. Duvidam da existência dela, querem provas. Eu rio, passo ao largo. Que deveria fazer para lhes provar? Levá-la até eles? Bobagem, ainda assim não acreditariam.

Não posso dizer que Antônia seja tudo para mim, ou que eu viva mais e melhor depois que a encontrei. Não. Vivo como sempre vivi. Sou homem modesto e não exijo da vida mais do que ela me pode dar. Antônia é de uma simplicidade muito superior à minha, assim é que nos completamos.

Minha mãe manda me avisar que está tentando convencer um padre da Igreja Brasileira a examinar as dobras do meu espírito, no qual, segundo suas místicas convicções, alojou-se uma entidade. Palhaçada! Não sei se me prestarei a isso. Ah, se eu estivesse convicto daquilo que quero, poderia gritar: “Deixem-me em paz, ao menos com meus demônios!”. Porém, como posso ser objetivo nessa questão, se ao mesmo tempo em que repudio sinto uma atração incrível pelo ritual?

O bilhete de minha mãe é curto e claro, apesar de indireto; exemplo inequívoco da sua maneira de ser:

Filho, estou tratando com o padre Zezinho, da Católica, um jeito de te abreviar os sofrimentos. Um ritual bem simples, compreende? Ele está relutante, mas acaba cedendo. Aguarde minhas instruções. Tua mãe.

Tento me convencer de que ela não usa a palavra crua para ser um pouco mais branda comigo. Que nada! Ela só não diz claramente o que pensa porque isso lhe parece de mau agouro.

Estou atravessando sérias dificuldades em meu trabalho. Parece que ninguém mais se interessa pelo meu tipo de artesanato (bordo quadros em talagarça num canto do meu pequeno apartamento), por isso as butiques escasseiam os pedidos e vou amontoando quadros no armário. Não lamento o pouco que ganho, a mim qualquer coisa basta. O problema é o garoto, meu ajudante, que há três meses não recebe. Não que ele reclame; ao contrário, contenta-se com o quarto e a comida que lhe dou. Eu é que vou me sentindo cada vez mais constrangido. Gostaria de poder conservar esse companheiro, que se satisfaz em me espiar por frestas reais e imaginárias, se alimentando de fantasiar coisas em torno da minha figura. Entretanto, o pouco que lhe ofereço neste momento desequilibra-me a balança. Só vejo uma saída: despachá-lo.

Não me aborreço quando as pessoas me julgam um tanto desajustado, está no direito delas. Tenho hábitos que reconheço extravagantes se comparados com seus padrões, mas me escandaliza um pouco perceber que a simplicidade desses hábitos é que verdadeiramente os incomoda. Costumo sempre conversar comigo mesmo, muitas vezes em voz alta para melhor reter as coisas que concluo. Não que eu faça balanço dos meus atos, preocupado com os rumos da minha vida. Não. Antes busco a certeza de não interferir na dos outros. Cada um que leve o seu barco! O meu, trago sempre em águas dóceis, para poder soltá-lo à deriva sem me preocupar com grandes desastres. Gosto das coisas simples e claras: nada de ousadia, nada de imprudência. Marta, ex-companheira de colégio, apesar de arrastar-me as asas, dizia que sou medíocre.

Eu e tio Lando costumamos caminhar todas as manhãs pelas alamedas de um parque, nos arredores de onde moro. Faz parte da toalete, como ele diz.

Tio Lando é uma pessoa encantadora. Eu sigo olhando sempre para ele, absorvendo sem pressa a franqueza do seu semblante. Seu raciocínio é muito simples e eu quase não presto atenção às frases despretensiosas que constrói: "Tudo que precisamos desta vida, meu garoto, está no calor desse sol e no frescor dessa brisa sobre os nossos corpos. Acima disso, é deixar que a vida aconteça por si só. Engendrar paixões mundanas é aprisionar a alma!". É com a ingênua sinceridade desses refrões que ele me recepciona todas as manhãs. Para mim, é aí que reside seu maior encanto. Me encorajo por isso a pedir sua opinião a respeito de Antônia e do vexatório ritual a que pretendem me submeter. Sobre Antônia, não duvida de sua existência e se declara literalmente apaixonado; mas repuxa o canto da boca quando falo da prática religiosa.

Como as pessoas nos vêem de forma diversa. Se para o tio Lando sou esse menino que se integra à maravilhosa simplicidade do seu mundo, sem espantá-lo com suas pequenas paixões, para o exagerado misticismo de mamãe sou apenas um possesso. E se para a austeridade do tio Guido, seu irmão mais velho, sou um rapagão que devia andar de cabelo à escovinha, farda e cinturão, para o Maurício, meu ajudante, não passo de um enorme ponto de interrogação.

Fiquei contente por encontrar Antônia em casa, quando cheguei de mais uma inútil caminhada em busca de encomendas. A presença dela sempre me deixa mais confiante, mais decidido. "Chegue aqui, Antônia!", falei alto para não perder o ímpeto. "Diante de você eu digo e faço qualquer coisa!"

"Maurício!" Olhei dessa vez para o rapaz que, meio ressabiado, se encolhera num canto do sofá, pressentindo a má notícia. "A coisa está preta! Ninguém mais se interessa por quadro bordado em talagarça. Resisti enquanto pude; quebrei, vamos fechar as portas. Você me desculpe. Pode ficar morando por aqui até arranjar outra coisa."

O exorcismo (é esse o nome terrível que ouso afinal empregar) não é apenas um ritual, é também dor e alívio. Dor para o *possuído* e para quem exorciza, alívio para parentes e amigos. Mamãe, quando me viu enfim sob os cuidados do padre Zezinho, desabafou: "Que alívio, meu Deus... agora sim está em boas mãos...". O padre, por sua vez, me olhou com repugnância, antevendo decerto as mais abjetas imundícies. Eu senti apenas desconforto.

Como minha ingenuidade retarda o processo de juntar os elos mais óbvios. Só agora estou a par dos objetivos deles: querem que eu renegue Antônia, que eu confirme a inexistência dela, a minha "tola obsessão", como chamavam-na a princípio. Seria fácil para mim contradizê-los. Bastaria mostrá-la, ou apenas a droga de um documento de identidade, mas para quê? Não posso expô-la desse modo, nem vejo necessidade disso. Antônia é caso meu!

Padre Zezinho, baseado nas informações de mamãe, me disse na primeira audiência... (Ah, devo abrir este parêntese para lembrar que não sou um possuído comum. Deixei isso muito claro: "Aceito o papel alegorista, mas não abro mão da minha consciência! Quero audiências breves, às quais comparecerei de livre e espontânea vontade. Nada de ambientes tétricos ou imundos. Sou homem limpo, tenho bons hábitos, é isto ou nada!". Concordaram.)... foi isto o que me disse o padre Zezinho: "Antônia é muito mais que uma mentira! Ninguém convive assim como vocês, ora juntos, ora separados, sem quaisquer indícios de submissão ou de anulação completa. Vocês contrariam as normas mais simples do contexto familiar. Ninguém, bem ou mal casado, dá plenos direitos ao outro! Analisei seu passado: conduta absolutamente de acordo com as conveniências, irrepreensível até. Primeiro deslize: abandono repentino e inexplicável da casa de sua mãe, o que coincide com o pretenso surgimento de Antônia. A um analista menos cuidadoso, poderia ocorrer este simples diagnóstico: esquizofrenia. Casa de repouso, tratamento psiquiátrico, drogas e pronto. Mas não, estudei também o seu presente e foi espantoso constatar que não existem contradições em sua conduta. Portanto, Antônia é real! Superei com enorme relutância o constrangimento que a situação me impõe. Não fosse por entender que ela é muito mais que a projeção de uma mente conturbada, eu jamais teria cedido aos rogos de sua mãe. Antônia atua, deixa rastros, sinais incontestáveis de presença em sua vida. E se alguém, meu caro, age sem existir, é o demônio!".

Senti pena do padre e de mim.

Marta sempre teve mesmo razão, sou medíocre. Gabo-me de escrever versos para Antônia, quartetos falsamente idólatras, tercetos de forçadas rimas de amor, quantos sonetos queira, e no entanto precisei de muito sofrimento para descobrir que ela é poesia que dispensa palavras, posto que flui espontaneamente do meu ser. E para tanto me foi necessária uma visão. Um sonho onde muitos procuravam por ela, mas somente eu podia sentir sua presença em minha pele, como sol, em meus ouvidos, como brisa.

Comuniquei esse sonho ao padre em nossa última entrevista. O homem inflou um pouco sob os paramentos e me disse com um sorriso morno que estávamos começando a nos entender. Enquanto o padre ficava distorcendo o caso para os lados do seu interesse, eu rumei para casa repetindo a mim mesmo que, ao ser inquirido por juiz ou sacerdote, o melhor é não ir além dos monossílabos.

Hoje Antônia e eu pouco falamos. Sei que ela condena em silêncio minha participação nessas querelas absurdas. Sente-se, com muita razão, humilhada por me ver dividido entre ela e a opinião de terceiros. Não lhe disse ainda, mas vou pôr um ponto nisso. O padre é que, sem saber, vem me dando essa confiança. Toda vez que lhe apresento provas substanciais da existência dela, ele se regozija, vê o demônio prestes a se mostrar. Vai se inflamando nessa expectativa, e eu vou engordando um ódio calmo que ninguém percebe. Pois bem, venho fazendo o jogo dele. Na entrevista de ontem, enrolei deveras a língua e falei com voz mais suave ou mais rouca, num espetáculo quase completo. Ele esbugalhou os olhos, depois prostrou-se em humilde respeito Àquele que, sempre generoso, usava sua insignificante figura para encaminhar tão fantásticos desígnios. Tão curvado ficou sob o peso da missão que nem me viu sair. Satisfeito por tê-lo colocado nesse transe (possuído, ele sim, por uma completa hierarquia de anjos, desfiando como um bêbado as mais cabalísticas orações), ganhei a rua quase levitando.

Não vejo mais razão para protelar. Darei hoje ao padre o desfecho que sempre esperou. De princípio, não irei além das últimas proezas, e só no final, quando ele nada mais esperar de mim, é que – nos moldes do trapezista que retarda o triplo apoteótico – abortarei Antônia no berro, regurgitando sobre o asseio dos seus paramentos. E quando o padre, perplexo, dinamizar ao máximo o tom monótono da reza, despejarei uma enxurrada de heresias sobre a sua fé. Depois, me entregarei aos poucos a uma doce calma, e negarei Antônia quantas vezes me mandarem, ele e os outros. Quando, saciados, enfim me liberarem, caminharei trôpego como um convalescente rumo ao meu cantinho, onde, às escondidas, envolverei o corpo dela num abraço, aumentando gradualmente a pressão dos meus músculos, até recolher para sempre em minhas entranhas o seu corpo rarefeito.

*

"Antônia!" Ouço a voz de mamãe ralhando branda com Tonica, a caçula do tio Guido. Engraçado como esse nome, depois de tantos anos, ainda causa em todos aqui em casa um certo estremecimento. Aliás, só mamãe e tio Guido costumam chamar a criança pelo nome, enquanto os outros, as cunhadas e tio Lando, adotam sempre o apelido carinhoso.

"Antônia!" Mamãe repete, pondo na voz um timbre arrogante que vem esmerando ultimamente. Tio Lando, a um canto da janela, observa com uma ponta de decepção a minha manifesta indiferença. As cunhadas envolvem-se com seus afazeres. Só tio Guido alterna rápidas olhadelas entre mamãe e eu, num sorriso silencioso que admira e aplaude.

A casa ganhou enfim um aspecto sadio. O padre vez por outra nos visita. Nada comenta, mas é natural que queira ver, com indisfarçável orgulho, o resultado de sua obra.

Antônia e eu, quando nos vemos sós, damos furtivas e gostosas gargalhadas. Combinamos de, assim que chegar o momento oportuno, oferecer um lugar ao tio Lando no nosso mundo, que é também o dele. Por hora nos contentamos em amenizar sua solidão no seio desse ranço familiar.

Para isso, convido-o amiúde para passeios no parque, onde dou sempre um jeito de falar no passado, de lembrar Antônia. Ele se entusiasma, sente prazer em me ouvir. Brevemente poderemos, ela e eu, fazer-lhe um relato fiel do nosso segredo.

Encontro com Paul

Seria bom conhecer Paul depois de tanta espera. Mesmo pensando na possibilidade do outro carregar uma pesada bagagem de ódio, concluiu que seria bom. Nunca estivera tão decidido, por isso nenhum medo, nenhum desânimo, nada poderia impedir a realização desse encontro.

Precisava conhecer Paul antes de se entregar de vez à solidão voluntária em que vivia, e foi com essa resignação que se dispôs a preparar a casa para a acolhida. De saída, escondeu tudo o que lhe parecia feio ou de mau gosto, espargiu água limpa no chão para assentar melhor a poeira e varreu com sofreguidão as teias que se espreguiçavam por cantos e rodapés. Enquanto puxava uma toalha de crochê sobre a mesa tosca, ensaiou umas palavras que gostaria de dizer ao outro quando chegasse a hora: "Entre, Paul, a casa é sua. Você não pode imaginar com que angústia, ou com que volúpia, aguardei este momento. Aliás, você não pode saber de nada, muito menos daquilo que eu possa sentir. Puxe uma cadeira e sirva-se de um café. Ânimo, meu velho, diga alguma coisa, mostre a cara, droga!", mas se descontrolou com as próprias palavras, pois embora fosse apenas simulação, sentia como se o outro já estivesse ali e teimasse em se esconder. "Afinal, quem é você? Droga, Paul, droga!" Era assim, de forma exaltada, que terminavam esses ensaios. Depois caía em si, achava-se um tolo. Para domar a ansiedade, passou a ocupar a mente com insignificantes detalhes de arrumação. Arrastou móveis pela sala, como se do posicionamento deles dependesse o sucesso da empreitada. Lembrou-se de pendurar o antigo rosário da mãe defronte à porta de entrada, pois ali a nudez da parede parecia querer revelar o branco da sua alma. Sim, talvez o rosário fosse o fecho que procurava. Uma forma sutil de realçar diferenças e chocar profundamente o outro. Era isso! Tinha enfim composto o cenário.

Com cautela, assim que o expatriado ultrapassasse a soleira imaculada daquela porta, ele haveria de tomar a ofensiva. Haveria ainda de demonstrar, sem panos quentes, que já não temia sua presumida maldade: "Olá, Paul, fique à vontade, mas respeite a casa. Não arrisque cedo demais o pescoço, não arme prematuramente o bote, nem assanhe a gana deste ceifeiro!". Despejaria esse discurso numa cadência quase mansa, subindo lentamente o verbo, para fechá-lo com um seco "Aqui mando eu" oculto na metáfora. "E não se esqueça, Paul, que peçonha é faca de dois gumes." Partindo francamente para o ataque, deduzia, poderia anular de saída a índole provavelmente agressiva do outro. Uma vez assumido o controle, inibiria no nascedouro qualquer ímpeto que pusesse em risco o encontro. Afinal, não fora à toa que há anos dispensara os criados e ordenava ele mesmo seus domínios de homem casto. A partir de então, vivia para esse encontro. Recompunha incansavelmente cada arranjo, prevendo já o impacto que uma harmoniosa arrumação da casa provocaria no estrangeiro. Aquele que, tudo levava a crer, chegaria desgrenhado, grosso de maneiras, como um bicho. Com seu jeito discreto, tinha logo que se impor; evitar que, diante do seu porte franzino, ocorresse ao outro a idéia de inverter os papéis.

Determinava o limite entre o seu território e a vila lá fora uma fechada cerca de arame farpado, reforçada por um renque de coroa-de-cristo. Ladeando a estreita porteira, dois enormes coqueiros davam ao sítio uma aparência austera. De que modo Paul encararia esse quadro de rigorosa decência? De alma certamente pequena, deveria se comportar com deboche ou desfaçatez. Às vezes uma dúvida o assaltava: e se o outro, ao contrário do que imaginava, tivesse um espírito medroso e já viesse propenso a debandar antes de entrar de todo? Diante dessa hipótese, seria bom temperar o discurso, aguçar sua curiosidade com uma boa pitada de provocação. "Que é isso, Paul? Por que essa atitude ambígua? Como entender tamanha indecisão em quem teve, assim como eu, abundância de tempo pra se preparar? Quem teve tempo até mesmo para extravagâncias de retoque? Se for um jogo, Paul, não me julgue tão ingênuo a ponto de subestimar o seu cinismo e relaxar a vigilância. Conheço de ouvido sua força bruta, portanto, não banque você o ingênuo, nem perca seu tempo ou o meu. Também não posso crer que você seja apenas um grande idiota que veio tateando o desconhecido, sem ter composto de mim um só esboço. Se veio assim, sem ter armado um gesto sequer de defesa, a troco de quê acabou por atender ao meu chamado, hem, Paul? Ninguém reluta tanto tempo a aceitar um convite sem um motivo muito forte. Ora, faça-me o favor... colabore, Paul. Quem sabe possamos ambos encontrar, no final dessa dura convivência, um pouco de paz e de equilíbrio."

Teve um sono agitado. Via entrar o vulto indeciso do outro, misturando na verdade reflexões e pesadelos. Depois dessas noites atormentadas, recuperava a serenidade passeando por entre os canteiros. Ali reinava uma certa desordem. Famílias diferentes de hortaliças dividiam o mesmo espaço. As desigualdades entretanto se harmonizavam, e os cheiros, as cores e os aspectos se ajustavam naturalmente, como se a perfeição só fosse possível no encontro das diferenças. Limpou com a biqueira da bota um rego atulhado de gravetos. Um movimento tão patético quanto inútil que sempre reprovara no pai, pois o velho costumava pôr nas coisas que fazia um peso exagerado. Mas a vida no sítio ainda lhe parecia mais triste quando lembrava da mãe aceitando, pacientemente, as imposições da vida e o andar monótono do tempo. Mas ela, do seu jeito manso, nunca reclamou de nada. Dizia que coisas paradas como o sítio, a represa, assim como o nosso recolhimento, têm sempre uma aparência triste, porém, não havia a mínima certeza de que o lado de fora contivesse algo que valesse um risco.

Às vezes, enquanto redispunha as coisas, refletia: "Mas seria isso a vida? Esse suceder quase tranqüilo dos dias? Seria assim a vida de Paul?".

É evidente que a vida de quem se manteve sempre à margem da razão e do princípio deveria ser, no mínimo, bem menos regrada. Enfim, como voltaria esse homem de seu exílio um tanto espontâneo, um tanto forçado? Que tintas comporiam seu rosto? Traços sórdidos ou mesquinhos lhe dariam uma aparência animal? Achava que sim.

Tirou as grossas botas e caminhou descalço pela terra estrumada, sentindo-a pulsar sob a planta nua dos pés, enquanto esmagava frutos verdes na palma das mãos. Porém, desta vez nem com esse hábito antigo recuperou a calma. "Ah, Paul, Paul, que demora a sua. Talvez você não tenha sensibilidade bastante para sofrer angústia na espera; para perceber que, poupando a mim, você mesmo se poupa, já que no final deste encontro poderá o destino nos reservar por consolo apenas um ao outro. É muito bom ter os olhos vendados; mas eu, Paul, tenho olhos e espírito bem abertos. Não apenas as noites, mas também meus dias são povoados por fantasmas. Por ter essa consciência, Paul, é que me exponho, e tento, através de arranjos possivelmente tolos, abreviar o sufoco da espera. Venha, Paul, mostre-se! Quero esse encontro agora!" Dizia essas coisas com coragem sincera, mesmo sabendo de antemão o quanto seria terrível a coexistência. Estava convicto de que poderia subjugá-lo, porém não podia descartar o perigo de ser por ele subjugado. Mas quando por fim certamente lhe coubesse a vitória, com que orgulho haveria de apresentá-lo à sociedade: "Senhores, eis aqui Paul, minha fera domesticada".

Nessa noite choveu. Jogado de bruços sobre a cama, lembrou que outrora sentia imenso prazer em ouvir a água cantarolar pela calha de zinco. Sim, antes sentira prazer em muitas outras coisas, e o alicerce simplista em que sustentava seus gostos não deixava lugar à dúvida. Agora, ausente a mãe, viu-se dominado por essa estranha obsessão. Conhecer Paul, esse expatriado do qual nunca lhe deixaram ter notícia, de quem, a bem da verdade, nunca fizera questão de ter notícia, e era agora a razão de sua existência. Submetê-lo era uma questão vital. Somente um temor o impedia de ser mais ousado: e se o outro pudesse, através da força bruta, sobrepor-se à sua lógica? Repugnado, já podia sentir os músculos de aço minando sua resistência, forçando-o contra o chão. Uma espécie de vertigem entorpeceu seu corpo. Sentiu-se frágil. Lá fora, a chuva amainava. Adormeceu.

Curiosamente, foi nos fundos da casa, longe do olhar severo do pai, que a mãe plantou seu jardim. Flores escondidas como um sentimento impróprio. Era ali, naquele recanto furtivo, que ambos, sem saber, subvertiam conceitos e doutrinas. Bons tempos em que ele, quase uma criança, não podia imaginar os estragos que a ausência dela provocaria. Um doloroso vazio que tornava urgente e desesperado esse encontro com Paul.

Já não chovia, e era sobre a terra pastosa que ele acomodava os pés. Molhadas, as rosas exalavam um perfume que inflamava seu humor. Excitava-se. Desejava ter o outro ali, ao alcance das mãos, para feri-lo o quanto antes: "Alô, Paul, aproxime-se. Venha sentir as flores de perto. Vamos! Respire fundo, deixe que elas te envolvam em seu perfume. Que prostração é essa, meu caro?! Ânimo, Paul, não se iniba diante de simples flores. Elas possuem uma pureza que fascina, e é certamente diante da pureza e não das flores que você se inibe. Mas não se preocupe, meu amigo. É natural o fascínio pelo oposto. Vamos, Paul, beba dele! Embriague-se até não mais se conter, até deixar vazar sua origem malsã". Depois disso é que começaria realmente a festa, é que levantaria, sem pressa e com deleite, a mão forte do justo: "Ah, Paul! Apanho você com o aço preciso da minha tenaz, movo lentamente o fole e gozo, gozo muito! Forjo você de novo, do meu jeito, do meu gosto. Você verá, Paul, você verá...".

Sim, o jardim era o chamariz da arapuca; as flores, o gatilho da armadilha. Estava decidido, traria o outro ali antes de abrir-lhe a porta da casa. Era preciso deixá-lo confuso, mas sem açular em demasia sua índole supostamente agressiva. Pois que fazer se Paul, diante da severa disciplina da casa, se deixasse possuir por um ódio medroso que o fizesse recuar? Não, não era para esse tipo de desfecho que se preparava. Seria portanto de bom agouro atrair o outro àquele onírico canteiro. Era ali que ele sabia agir com mais destreza, e, quando Paul desse por si, já o teria rendido a seus pés.

E assim, entre crises e rearranjos, sucediam-se os dias e Paul não chegava. Com o prolongamento da espera, ele ia adquirindo uma virtude nova: a paciência. Prosseguia em seu monótono trabalho de redispor as coisas, sem entretanto se deixar consumir pela animosidade de outrora.

"O vinho consagra!" Ouvia fragmentos de coisas que ouvira do pai. "O vinho redime!" A mãe e ele de cabeças baixas, ouvindo. Arriscava um olho para o armário onde eram guardadas as garrafas. "O vinho consagra e redime!" Envelhecidas, as garrafas eram um poderoso convite para uma pequena dose. "O vinho envilece, deprava, inverte os valores mais sagrados", contradizia-se outras vezes o pai. Nessas horas o tom era duro, e ele e mãe abaixavam ainda mais as cabeças. Quais seriam suas veladas intenções? Nunca soubera. Só sabia que fora a segunda e não a primeira versão do pai que o levou a provar não apenas uma dose, mas uma garrafa inteira.

Talvez a atual serenidade tivesse alicerce nesse vinho que, aos poucos, vinha se tornando inseparável companheiro de reflexão. O vinho tinha o poder de deixá-lo menos rigoroso consigo mesmo. Ocasionalmente, retirava a trava da língua, permitindo-lhe dizer inconseqüentes disparates, ou obscenidades gratuitas. Às vezes ia além, transformando em gargalhada o seu riso sempre raro e comedido. Por isso, quando se excedia e emborcava um copo a mais, uma inexplicável euforia se apossava dele. Uma loucura momentânea levava-o a escancarar o peito numa inútil gritaria: "Eh, Paul, sei que está me ouvindo! Pois entenda: quero mais é que você se dane, que você se estrepe! Acreditava que eu tivesse medo de você? Pois bem, eu tinha, sim, e daí? E daí, Paul? Veja bem que eu disse: tinha! Quer saber mais? Quer saber o que eu realmente me esforço para esconder? Quer saber ainda o que mais me revolta? É que, apesar de tudo, eu amo você, Paul! Está me ouvindo, desgraçado? Amo sua marginalidade, sua deserção, seu comportamento esquivo, seu caráter dúbio, e sei lá mais quantas inconveniências eu amo em você. Já não me embaraça confessar essa contradição. Mas entenda, Paul, entenda que eu me reprove, que eu resista bravamente a esse sentimento insólito. Não! Eu não me entrego nunca! Nunca, Paul, nunca!". Depois disso, jogava-se ao chão, sustentando ainda o riso debochado, até que seu entusiasmo se transformasse, aos poucos, em melancolia. Então, entre soluços espasmódicos, esperava ali mesmo o sono chegar...

Foi depois de uma dessas homéricas bebedeiras que ele superou o medo e vasculhou o sítio numa noite de tempestade. Acreditava que o outro, em noites como essa, deveria rondar a casa. A princípio, saiu para a varanda, recebendo no peito descoberto fragmentos da tormenta; depois, entrou nela por inteiro. Num sítio, uma noite de tempestade se torna ainda mais tenebrosa. Foi percorrendo os recantos mais familiares da propriedade que percebeu o quanto um terreno pacífico pode esconder terríveis armadilhas. Mesmo amedrontado, nunca sentira tão fortemente a vontade de encarar Paul. Bem assim, perto, com uma cortina d'água diante dos olhos e o lodo sob os pés. Nesse momento, sequer lhe importava saber como tudo acabaria, com que cores se pintaria o desfecho. Podia sentir a presença do outro ali dentro dos seus limites, sem saber porém em que telheiro ou beiral se refugiaria numa noite como aquela. Juntou seu gemido ao lamento contínuo do vento.

O vinho tudo podia. Já reconhecia sua força, pois quando aprendeu a tragá-lo sem reservas passou também a tudo poder. Podia, por exemplo, materializar Paul em nuanças das mais contraditórias, desde que quisesse. Podia tê-lo dócil ou arisco, temeroso ou violento, e todavia submetê-lo sempre. Amparado nessa nova descoberta, depois de ter-se provido de uma substanciosa dose de reforço, pôde afrontar sem medo os segredos da terra encharcada. Vasculhou cada desvão, cada árvore, cada monturo, qualquer lugar onde pudesse o outro ter-se escondido. E se no fim dessa empreitada não deu ainda com Paul, ao menos pôde dormir como há muito não dormia.

Sucediam-se os dias e ele não mais se preocupava com a arrumação da casa, nem com os preparativos da recepção. Ao contrário, permitia que um certo desleixo se espalhasse pelo sítio e pela sua própria pessoa. Tomava-o como que uma certa indolência, um tédio. Surgiam, estranhas no canteiro, ervas que nunca antes deixara crescer para ver se eram mesmo daninhas. Larvas proliferavam na terra escura, os regos se atulhavam e a hortaliças perdiam o viço. Era o vinho. Mal cuidava das flores da mãe, porém esforçava-se para não quebrar esse último vínculo. No mais, aceitava o desenrolar natural das coisas e já não esperava por Paul com a antiga euforia. Chegava a ensaiar frases amáveis de boas-vindas: "Bem-vindo, Paul. Ignore o meu jeito tolo e se ponha à vontade. Minha casa é sua casa". Admitia a possibilidade de que as prováveis diferenças entre ele e o outro pudessem alterar a habitual ordem das coisas. Outras vezes ousava supor que Paul em nada se parecesse com o ser criado por sua imaginação. Quem sabe fosse apenas um pobre diabo que, por medo ou timidez, aceitara passivamente o desterro. Nessas horas, desarmava-se, tornava-se quase gentil. Queria ver o outro atravessar a austeridade já imprópria dos coqueiros para recebê-lo ainda no limiar e introduzi-lo casa adentro, abraçando-o como a um irmão: "Que bom, Paul! Que bom que você veio. Entra, vem beber do meu vinho". Enquanto se operava essa mudança, parecia que a presença do outro aos poucos se avizinhava. No entanto, ele ainda não era bastante sincero.

Uma manhã, acordou com o cheiro forte de café querendo se impor à sua preguiça. Que seria? Lembrou-se. No dia anterior, entre uma garrafa e outra, tinha contratado com um velho meeiro o envio de uma de suas filhas para o serviço doméstico. A caboclinha era esperta. Pelo vão da janela viu o varal pesado de roupas e o bacião do lado, cheio de peças já torcidas. Embora tivesse tomado essa decisão num momento de embriaguez, essa visão não lhe causou o menor desconforto. Antes, gostou. Gostou mais ainda do impetuoso cheiro do café, convidando-o a pular da cama. E Paul, ainda viria? Que viesse. Era assim que o receberia, com gente por perto e o café na mesa. "Me passe a geléia, Paul, por favor... Prove a torrada, está uma delícia." Era assim que o receberia, com todos os ruídos, as atrapalhações e os prazeres domésticos.

Foi decerto o cheiro fresco do café e a cantiga do vento desfraldando as roupas no quintal que o levaram, mais do que o vinho, a ponderar de novo. E se fosse ele e não o outro o causador da demora? Bem podia ser que Paul fosse apenas um homem simples, muito mais temeroso do seu aparato que da sua suposta lógica, e esperasse o momento oportuno de entrar. Era ele quem tinha de quebrar a formalidade, retirando discretamente os arranjos premeditados. Era ele então quem tinha de devolver a naturalidade às emperradas engrenagens daquela casa. Era ele e não Paul. Teve o ímpeto de escancarar portas e janelas e berrar sua descoberta, mas conteve-se. Tinha agora certeza de que Paul não faltaria ao encontro, porém, convinha mais que nunca ser discreto, e, sobretudo, muito paciente.

Quarto nupcial

Neste pequeno quarto, Estela e eu nos prendemos à vida pelo rol das mesmas lembranças. Lembranças que eu tento recuperar na penumbra, e que ela, provavelmente, retém no aço do espelho.

Debruçado sobre o parapeito da veneziana, eu olho o escuro de frente. Para mim, a noite se resume a luzes e trevas. Devo parecer um observador noturno, porém nada observo; apenas tento, com a força do olhar, manter as luzes acesas para que as trevas não invadam para sempre o meu quarto, levando de roldão todas as respostas.

Na horizontal a gente revê as coisas de um modo estranho. Minha vida passa como um filme, às vezes de um colorido excessivo, às vezes em preto e branco. Parece fantasia, embora as imagens retratem coisas que sei que vivi. Para mim, o mais real em toda essa história é a presença dela. Não podia ser diferente, pois acreditar nisso tem sido a única razão da minha vida. Tudo o mais são tubos e gotas. Um ardor no dorso das mãos, nos braços, um cheiro nauseante e algumas moças de branco que parecem saídas de um poema que li um dia. O asseio dessas moças é o que mais me surpreende, pois não se harmoniza com o cheiro enjoativo que me mantém em constante apatia.

Chega a ser cruel o jeito como a vida transcorre na horizontal. A gente quer reter uma parcela agradável do tempo e ela se esvai contra a nossa vontade. Do mesmo modo, não se pode evitar as visões desagradáveis.

Como é difícil entender essa luta que travo para emendar as noites numa só. É tudo muito confuso, mas costurando esses retalhos de noite, suas luzes, penso poder eternizar minha noite interior. E essa é a única noite que me importa. Durante o dia eu me recolho. Fico quietinho, enfiado em mim como se dormisse. É possível mesmo que eu durma, enquanto cumpro os deveres diurnos. À noite, vigio pacientemente as luzes porque sei que ela está bem aqui, no toucador atrás de mim. Com uma paciência tão obstinada quanto a minha, mas de outra procedência, ela escova os cabelos e espera. Há quanto tempo se agarra ao cabo de madrepérola da escova e repete esses movimentos? Será que ainda sabe por quê espera? Será que ainda se lembra do seu próprio nome? Eu mesmo preciso de grande esforço para lembrar o meu. Ah, mas o dela, esse eu nunca esqueço. Estela…

Ouço dolorosos gemidos não longe do lugar onde estou – vozes sussurradas, passos no corredor. Alguém se lamenta estranhamente por mim, e eu, para escapar desse incômodo, prego os olhos na luz mortiça do teto. Não fosse o cheiro, eu acho que poderia me concentrar um pouco mais em algumas cenas confusas que teimam em me rondar a cabeça. Há um homem calvo sempre me fazendo perguntas. Lembro vagamente de algumas: "Usava drogas?", "Homossexual?", "Levava vida promíscua?", mas não consigo entender o que ele quer dizer com isso, e essa dificuldade me irrita. O esforço da raiva, a memória nebulosa, o cheiro enjoativo, tudo me cansa, me dá sono. Tento me concentrar no teto, onde uma cuba deixa escapar uma luz amarela. Não posso. Sobre os meus olhos sonolentos, uma lágrima vermelha.

Este pequeno quarto tem sido o meu mundo e o dela, porém nunca foi o nosso mundo como sempre sonhei. Todo o meu esforço vem da esperança de vê-la quebrar enfim sua rígida disciplina, quem sabe vindo dividir comigo o espaço desta janela. Não, em verdade eu nem espero tanto. Me bastaria, a princípio, que ela alterasse a dinâmica dos movimentos, manuseando com maior ou menor vigor sua maldita escova. Paciente como venho aprendendo a ser, eu poderia ganhar um novo alento. Eu poderia sonhar que logo ela voltaria a ornar a fronte com um velho diadema, ou que ainda me pediria para trançar seus cabelos, com minhas mãos inábeis, na forma de uma tiara nupcial. Então, quem sabe, finalmente a noite se completasse, permitindo-nos uma plena reconciliação com o dia, e o tempo nos ajustasse outra vez ao seu fuso.

Acordo com a moça de branco debruçada sobre o meu corpo. Ela cobre metade do rosto com uma máscara e esfrega alguma coisa áspera em meu peito. Apesar do cheiro nauseabundo, estou razoavelmente desperto e, a julgar pelos olhos azuis, penso que a máscara deve esconder uma bela mulher. Algo me fere dolorosamente o braço. Minha voz foge ao meu controle e grita, embora eu deteste arroubos desse tipo. Quero fazê-la calar, mas não posso... é desesperador. Enfim o meu grito se acalma e luto para não dormir outra vez. Novamente em estado de grande sonolência, recupero imagens pouco compreensíveis, cuja importância me parece fundamental para entender o que se passa comigo. Nelas há uma moça de branco – coberta também por uma máscara leve – caminhando em minha direção. Vejo nucas de pessoas que me viram as costas, provavelmente se voltando para ela... Sinto imensa alegria ao vê-la se aproximar; alegria ao mesmo tempo turvada por uma angústia... alguma coisa de horrível que tenho para revelar. A moça de branco magoa meu braço com vigorosas fricções... o cheiro adocicado se faz insuportável.

É terrível pensar assim, mas quem sabe o tempo se tenha rompido em razão de alguma insuficiência minha. Algum ato de estupidez que causasse dor, vergonha, pânico... ou coisa assim. Que inútil, Estela (é esse o nome dela), que inútil é essa minha tentativa de eternizar a noite para ganhar fôlego. Ninguém melhor do que eu sabe o quanto essa luta é vã. Digo a mim mesmo que estou tentando resgatar fragmentos de memória que revelem quaisquer elementos, ou fatos, de nossa história. Ah, que besteira! Uma noite, por mais intensa, por mais dramática, não pode conter senão uma escassa parcela da vida. O meu subconsciente, este sim, deve cuidar de não trazer ao lume a peça fundamental desse quebra-cabeças. Caso houvesse a certeza de que a luz se apagou dos seus olhos em razão de um pecado meu, o que seria de mim?

Algumas vezes acordo como se minha boca estivesse inundada de fel. Quando isso acontece, uma raiva intensa me domina e, se não fosse esse entorpecimento do espírito e essa fraqueza do meu corpo, eu arrebentaria tudo à minha volta. Acho que, de algum modo, consigo exprimir essa revolta, pois logo vejo as moças de branco e outras pessoas que desconheço correrem alarmadas ao redor do meu leito. Faz dias que isso não acontece. Sinto-me mais apático em relação a tudo, até à dor. As lembranças vão ficando mais remotas e difusas. Quase sempre se resumem a vultos e a situações incompreensíveis. Raramente retenho alguma coisa, mesmo que significativa. Agora, por exemplo, recebo a visita do homem calvo que, estranhamente, não faz perguntas, nem a mim, nem às moças. Talvez por estar acompanhado. Trouxe com ele uma figura grotesca que me lembra um corvo. É um vulto escuro, alto e curvo. Usa roupas esquisitas e resmunga palavras ininteligíveis, tão baixo que ninguém ouve. Além de tudo, é atrevido! Limpou um polegar gosmento na minha testa sem a menor cerimônia. Embora enojado, não tenho ânimo para protestar, mesmo porque o cheiro adocicado está mais forte e mais enjoativo que o habitual. Isso me derruba. Parece que estou desmanchando... A luz do teto multiplicou-se em infinitos vaga-lumes... Alguém se lamenta ou chora atrás de mim.

O quarto é branco e imaculado. Tudo é revestido de uma beleza simples, como a própria natureza de Estela. Sem desviar os olhos da noite, posso imaginar a sóbria arrumação dos móveis e das coisas, mas não ouso olhar para trás. Sinto-me sufocar, pois há um silêncio denso tornando a atmosfera pesada.

Este quarto é desumano. Já não ouço o deslizar da escova, e um cheiro estranho, uma espécie de mofo, não sei, debilita minha vontade. Os espaços estão todos vazios...

O quarto é asseado e impessoal. Nunca me deixam sozinho, mas me sinto desolado. Há solidariedade e bom humor em todos que aqui transitam, e é justamente essa solicitude sem trégua o que mais me incomoda. Minha memória é interrompida, mas sei que já tive um canto só meu. Um lugar onde eu podia desfrutar minha solidão; onde eu podia ainda abrir espaço para a dor, para a ira, ou para silenciosas trocas de ternura. É tudo que posso lembrar...

Este quarto é desumano. Suas paredes são nuas e seu hálito é frio. Sou grato ao cheiro enjoativo que me provoca engulho mas me faz dormir...

Alguém deixou o quarto – ouvi a porta bater. Não sei quem foi, só sei que a noite à minha frente já não é tão densa. Há luzes piscando por toda parte, me convidando para saltar. Já nada, nenhuma força, me prende, basta-me apenas soltar o corpo e voar.

FOTO DA CAPA Cícero Ferraz Cruz
PROJETO GRÁFICO ORIGINAL Raul Loureiro
ADAPTAÇÃO DO PROJETO E CAPA Luciana Facchini

Dados Internacionais de Catalogação na Publicação (CIP)
[Câmara Brasileira do Livro, SP, Brasil]

Rodrigues, Paulo, [1938-].
Redemoinho / Paulo Rodrigues. – São Paulo:
Cosac & Naify, 2004.
ISBN 85-7503-334-4
1. Contos brasileiros I. Título.

04-4345 CDD 869.93

Índices para catálogo sistemático: 1. Contos:
Literatura brasileira 869.93

COSAC & NAIFY
Rua General Jardim 770 2º andar
01223-010 São Paulo SP
T 55 11 3218.1444
F 55 11 3257.8164
info@cosacnaify.com.br
www.cosacnaify.com.br

Atendimento ao professor 55 11 3218-1466

TIPOLOGIA Perpetua 12.5/17 PAPEL Pólen print 120 g/m²
IMPRESSÃO Geográfica TIRAGEM 3.000